Bildgedanken

AF222710

Bibliografische Information der Deutschen Nationalbibliothek
Die Deutsche Nationalbibliothek verzeichnet diese Publikation in der
Deutschen Nationalbibliografie; detaillierte bibliografische Daten sind im
Internet über http://dnb.d-nb.de abrufbar.

Herstellung und Verlag: Books on Demand Gmbh, Norderstedt

Umschlaggestaltung und Abbildungen im Innenteil: B.Wagner

ISBN-13: 9783837070798

Gehirnmanipulationen

erwünscht!

Lesen auf eigene Gefahr,

beachten Sie Warnhinweise Ihres Körpers.

Randgruppen der Gesellschaft sind potenziell gefährdet.

Ausgeprägte Intelligenz schadet beim Lesen nicht!

Es gibt Dinge im Leben, die man zu gerne verschweigt oder der Öffentlichkeit zur Schau stellt. Ich habe lange darüber nachgedacht, wie ich als sozial schwach eingestuftes Mitglied der Gesellschaft, also eine Vorzeige-Hausfrau, dem Vorurteil der Verdummung entfliehen kann.

Ich fing an zu schreiben, obwohl ich eigentlich als Sopranistin Erfolg haben könnte. Beim Schreiben muss man bekanntlich weder singen noch sprechen, was einer introvertierten Persönlichkeit zu Gute kommt.

Diejenigen unter uns, die talentfrei sind, werden häufig mit einem wahnsinnigen Selbstbewusstsein geboren. Dieses wird gezielt eingesetzt und öffentlich als Kunst suggeriert und zugemutet. Sensibelchen bleiben oft ohne Psychotherapie auf der „Rampensaustrecke" mit ihrem Talent liegen und müssen sich von „Ellebogenüberholern" zeigen lassen, wie man Massen bewegt. Manchmal stimmt die Richtung nur im Ansatz, was zu fatalen Irrtümern in der Gesellschaft führen kann. Die bizarren Entwicklungen in der Prominentenwelt sprechen für sich!

Es gibt sehr viele selbsternannte Schreiberlinge, die nur dank ihres Namens oder einem gewissen Jahreseinkommen Bücher veröffentlichen können. Diese werden dann aus reiner Neugierde gelesen oder unter dem legalen Vorwand schöner Wohnen für das Regal erworben.

Ich gebe die Hoffnung nicht auf, dass einige intelligente Menschen meine Bildgedanken richtig interpretieren.

Die Textbilder können Hirnstrukturirritationen auslösen, die mit einer anschließenden Entspannungsübung oder einer Beruhigungspille wieder in den Griff zu bekommen sind. Vielleicht verändert sich Ihr Leben danach positiv oder negativ, je nach Bildungstand und IQ-Anwendung.

Nun noch einige Tipps: Öffnen Sie bitte vor dem Lesen ein Fenster. Sollten Sie ein Hypochonder sein, entspannen sie sich im Extremfall mit einer Yogaübung. Trinken sie Tee, Kaffee, Wasser oder Alkohol, wie auch immer....

Und nun viel Vergnügen beim Betrachten und Lesen.

Corina Wagner

Jeder Mensch stammt laut Wissenschaftlern vom Affen ab. Wer diese These vertritt, kennt diesen realistischen Gewissenkonflikt mit den großen Religionsgemeinschaften. Manche stammen also vom Affen ab und glauben es nicht.

Manche haben sogar zusätzlich eine Meise ohne es zu wissen.

Hinter verschlossenen Türen wartet das Ungewisse…

In der Natur gibt es faszinierende Beispiele für das Leben. Insekten können mit einem Flügelschlag vom anderen entfernt sein, ohne dass sie den Anderen verletzen. Sie stillen den Hunger nach Überleben unabhängig von der Hautfarbe. Artenerhaltung muss nicht immer mit dem Tod enden!

Nicht jeder, der auf dem Gipfel diese Blumen findet, ist ein Gipfelstürmer. Ein Gipfelstürmer kann keine Berge versetzen, auch wenn er Steine klaut. Gipfel ist nicht gleich Gipfel!
Es gibt viele Gipfel, die keiner erklimmen will!
Einen Gipfel der politisch gewollten Gleichgültigkeit, der wird täglich erstürmt, da gibt es immer noch zu viele Mitläufer. Einen Gipfel der Altersarmut, der unsere Zukunft bestimmen wird, sehen schon viele Menschen in der Ferne, der Berg wächst bereits sichtbar an. Welcher Gipfel in der Politik, vertritt den Stein der Weißen? Es gibt zu viele Felsspalten der Intrigen von Machtbesessenen. Welchen Gipfel möchten Sie erklimmen? Möchten Sie den Querulantengipfel umwandern? Den Gipfel der Liebe erreichen, der oft den Persönlichkeitstod bedeuten kann? Wer am Abgrund gestanden hat, sollte über sein Leben nachdenken!
Steine können versetzt werden, Berge nicht mehr!

Die gute alte Eiche, da steht sie noch.

Ein imposantes Blattwerk sticht den Betrachter ins Auge der Vergänglichkeit. Welche Menschen liefen wohlmöglich schon an dieser Eiche vorbei, die heute nicht mehr leben.

Einstein oder vielleicht Goethe?

Wir schwelgen in Erinnerungen unserer Vorfahren, sind geblendet von dem Anblick dieser Eiche, beeindruckt vom Lebenswerk Baum. Andere Menschen, andere Sitten und andere Länder bestimmen durch korrupte Geschäfte das Baumsterben im Regenwald!

Wie lange wird diese Eiche wohl noch zu sehen sein im Gegensatz zu den vielen Riesenmammutbäumen, die täglich abgeholzt werden ?

Die Eiche ist ein Symbol für Langlebigkeit und Stabilität. Für welches Symbol steht der Riesenmammutbaum? Für die Ohnmacht der Welt und die Rodung des Regenwaldes mit Blick auf die Erderwärmung der Zukunft?

Der Sequoiadendron giganteum, auch Riesenmammutbaum genannt, kann im Moment des Nachdenkens bis zu 3600 Jahre alt sein. Im direkten Vergleich ist unsere gute alte Eiche ein kleines junges Pflänzchen und doch für uns so gewaltig in seinem Erscheinungsbild. Bäume sind die grüne Lunge der Zukunft, auch diese alte Eiche am Wegesrand. Riesenmammutbäume, die heute nicht gefällt werden, sind natürliche, umweltfreundliche CO_2-Fresser unserer Zukunft.

Der Käfer ist auch nicht mehr das, was er einmal war:

Er glänzt im Licht der Zeitlosigkeit für das Auge des Betrachters. Sein Weg führt über unwegsames Gelände der Romantiker aus vergangenen Tagen direkt zum Nachfolgemodell der Gegenwart.

Der Altersunterschied des Einen und die neuen guten genmanipulierten Erbanlagen des Anderen verhindern eine Paarung. Das Aussterben des alten CO_2-freundlichen Käfers muss im Herzen der Käferfreunde weiterleben dürfen. Eine dauerhafte Mumifizierung kann beim Menschen zu einem erhöhten Serotinspiegel führen. Dies kann sich positiv auf das Umweltverhalten auswirken. Nicht jeder, der eine Mumie liebt, arbeitet mit Euphorie an seinem eigenen Grab. Die Ausrottung des alten Käfers, die Erhaltung einiger weniger Exponate und die sichtbare neue Population haben Menschen eigenhändig beeinflusst. Ob die neuen Käfergenerationen gefährliche Schädlinge sind, wird uns die Zukunft beweisen müssen.

Ameisen wissen genau, was sie tun!

Menschen nicht immer !

Ameisen können starke Leistungen erzielen.

Menschen nicht immer!

Ameisen sind sehr mutig und gehen an ihre Grenzen.

Menschen nicht immer !

Ameisen retten ihren Staat.

Menschen nicht immer!

Die braune Spinne lauert tagtäglich, nicht nur in Deutschland, sondern überall!

Wer hat sich schon insgeheim die Frage gestellt, wer in unserem Leben die Fäden der Zukunft spinnt. Sind wir Opfer unserer Gesellschaft, eingesponnen in ein System, hilflos denjenigen ausgesetzt, die meinen, sie müssten spinnen! Es gibt viele, die für uns spinnen, die ein gefährliches Netz um uns herum spinnen, ohne dass wir etwas dagegen unternehmen. Wir sind starr vor Empörung, wenn uns eine braune Spinne begegnet. Wir sind still aus Angst vor unangenehmen Begegnungen und nehmen das langsame Aussaugen unserer eigenen Persönlichkeit in Kauf.

Diese uralte Seidenfadentechnik der braunen Spinne, die bereits einen Kokon gesponnen hat, den wir unterschätzen, könnte zu einer explosionsartigen Populationsvermehrung führen, die unser Tod in Kauf nimmt. Wenn wir auf dem richtigen Faden, dem Leitfaden leben wollen, dann müssen wir den Spinnen, die im Osten zu weit rechts spinnen nicht die Möglichkeit geben, dass sie mit uns ein neues Netz spinnen. Die braune Spinne bietet uns kein Sicherungsseil an, sie lauert überall im Hinterhalt und wartet nur darauf uns auszusaugen. Braune Spinnen lauern überall, deshalb sollten wir tagtäglich auf ein Loch in unserem Radnetz der Zukunft achten.

Die Wanze, gut getarnt, sitzend auf einer Distel ihres Vertrauens!

Dies ist nicht der neue Slogan einer Wald- und Wiesenpartei, sondern ein Wahlverbrechen der Zukunft!

Das Leben der Distel ist auch vom Verfall des Alterns bedroht. Wir Menschen benutzen Urin von Kälbern und Schlangengift, um den natürlichen Alterungsprozess aufzuhalten.

Eine Distel steht bei Wind und Wetter zu ihrem Lebenswandel, bis sie abknickt und verrottet.

Nur wer einmal genau hinschaut, entdeckt die Schönheit der Natürlichkeit.

Nicht nur bei dieser Distel, sondern auch bei sich selbst.

Wer lange genug hinschaut, ruhig, gelassen, die Hektik des Alltags vergisst, der erkennt sein Spiegelbild im Wasser. Die Klarheit seines Ich's.

Wer das Wasser und den Sand auf seiner Haut spürt, die Wasseroberfläche gedanklich berührt, der wird es in seinem Innersten fühlen.

Nur wer an sich glaubt, der wird das Ufer des Glücks erreichen.

Bäume sind ….

….der ideale Lebenspartner, ….

…. sie geben keine Widerworte!

Fühlen wir uns nicht
ab und zu wie eine
arme Sau, die auf-
stehen muss, wenn
der Hahn kräht!
Sich auf die faule
Haut zu legen, kann
fatale Folgen
haben……
Faule Säue gibt es
genug……

Die Schlange an sich muss im Leben nicht immer ein Tier sein. Es gibt viele Giftschlangen in der Umgebung eines Menschen. Manche erkennt man auch im nackten Zustand nicht auf den ersten Blick. Das Gehirn einer Schlange kann man mit dem Gehirn einer Frau vergleichen, das Gehirn des Mannes manchmal mit dem des Straußes! Natürlich gibt es Frauen, die diese Zeilen nicht verstehen. Männer, die sich elegant anschleichen und blitzschnell einige intelligente Wörter stotterfrei einer Frau vermitteln können, diese dürfen sogar dabei noch glänzen. Solche müssen nicht unbedingt mit einem Strauß verglichen werden. Nicht jeder der eine zweigeteilte Zunge hat, muss einen hohen IQ haben, da gibt es Einigkeit zwischen Mann und Frau. Diese Übereinstimmung führt oft zu einem ausgeprägten Paarungsverhalten, zwecks Artenerhaltung. In der Natur gibt es keine Pillen gegen das Aussterben, bei den Menschen schon..

Ein Zaun wurde von Menschen erschaffen, um etwas abzugrenzen oder etwas aufzuhalten, um ein Weglaufen zu verhindern. Ein Zaun muss stabil sein, damit er über Jahre hinweg witterungsbeständig bleibt. Es gibt Zäune, die wahre Kunstwerke sind, schön anzuschauen. Ein Zaun vor unserer Seele kann uns von Anderen abgrenzen, er kann uns aufhalten, wichtige Fehlentscheidungen zu treffen. Er kann uns aber auch einsam machen. Ein fester Pfosten, stabil verankert, kann mit Holzlatten vernagelt eine Barriere gegen den Ausbruch von Gefühlen darstellen. Was passiert, wenn eine Latte bricht? Wenn jemand in einen Holzzaun zusätzlich Weidenzweige als festen Halt einbindet, hat er dann mehr Schutz vor Verlust?

Verlust der Liebe, die zu stark beschützt wird? Versetzte Pfosten zwischen den einzelnen Latten sollen Stabilität gewährleisten, wenn es stark stürmt oder ein Tier dagegen läuft. Schützen diese auch vor seelischen Verletzungen, sei es in der Partnerschaft oder im Beruf?

Ein Zaun soll über Jahre hinweg alle naturbedingten Strapazen aushalten können. Kann das unsere Seele auch?

Sind wir wirklich in der Lage, selbst zu bestimmen, wer einen Zaun um uns baut? Wie groß ist das Gatter, wenn ein Zaun gebaut wird?

Ist das Gatter für unsere eigene Persönlichkeit groß genug, um die Freiheit regelmäßig zu genießen?

Haben Sie sich in Ihrem bisherigen Leben überhaupt schon gefragt, wie groß ihr persönliches Gatter ist?

Haben Sie einen geistigen Anspruch darauf, es zu vergrößern? Fühlen sie sich überhaupt eingesperrt?

Hatten Sie schon die Gelegenheit auszubrechen, da es ein Loch im Zaun gibt?

Vielleicht sind Sie ein Mensch, der sich hinter einer stabilen, optisch sehenswerten Einpferchung wohl fühlt…

Niemand hat das Recht die Seele eines anderen Menschen einzupferchen, es sei denn, er ist geistesgestört und gefährlich für sich selbst und Andere.

Wer sich wie eine rostige Radachse fühlt, geistesabwesend auf dem Abstellgleis steht, der sollte zügig handeln, bevor er zum alten Eisen abgestempelt wird. Ein Ansatz von Flugrost im Alter und Verschleiß im Antrieb der Bewegung, dies ist nur der alterungsbedingte Abrieb der Zeit. Wer aber durch falsche Wartung und Pflege, Überanstrengung in jungen Jahren im Motor erste Anzeichen von Langzeitschäden nicht erkennt, der wird das Durchrosten nicht verhindern können. Wer zuviel schmiert schadet nicht nur sich selbst, sondern auch dem Streckenverlauf des Lebens.

„Der hat doch eine Schraube locker!" Diese Behauptung endet oft mit einer Fahrt in den Lokschuppen.

Wer rastet, der rostet! Diesen Spruch hatten unsere Vorfahren nicht umsonst auf den Lippen der Erschöpfung.

Wie alt und erschöpft muss ein Mensch sein, damit er zum alten Eisen gehört?

Es gibt Senioren, die wie ein ICE der neuen Generation durch die Gegend gleiten und Teenager, die wie eine alte Lok schnaufen! Wo fängt man auf dem Schienennetz der Ratlosigkeit an und wo endet man auf dem Abstellgleis seiner Zukunftsängste, wenn die Steuerung streikt?

Wie lange wird die Garantiezeit für einen störungsfreien Ablauf gewährleistet, ohne auf Fremdeinwirkung zurückzufahren? Wer gibt mir die Gewissheit, dass meine angerostete Radachse kein Plagiat ist? Nur wer seinen Flugrostbefall rechtzeitig erkennt und Ihn behandelt, der wird gedanklich in einem Bildband oder in einem Museum für Eisenbahnfreunde wieder zu finden sein. Vielleicht nicht baugleich, aber im Herzen von Eisenbahnfreaks.

Oft wird man von der Wurzel des Todes überrascht.
Jeder Keim will leben, wachsen, gedeihen,
aber das Schicksal bestimmt, wann es Zeit ist,
die Reise des Zerfalls zu beginnen.

Wie viele Jahresringe ein Baum bekommt,
ob er sehr alt wird oder nicht,
dies können wir nicht immer beim Spaziergang
des Glücks beeinflussen.

Erinnerungen bleiben, mit denen wir unseren
neuen Lebensweg, den Weg unserer eigenen
Vergänglichkeit, neu gestalten können.

David gegen Goliath?

Goliath gegen David?

Nur wer sich im Leben durchsetzt, kommt
weiter!

**Den Abgrund vor Augen sucht der Betrachter
in Wirklichkeit die Schönheit der Natur.
Es gibt Leben, da wo es keiner vermutet…**

Das Leben geht immer weiter!

Immer schön angepasst,
nur nicht auffallen!

Sind wir in unserer Gesellschaft
nicht viel zu oft eine Eidechse?

Bekommt unser Leben mit der Zeit
Risse im Grundstein von Prinzipien.

Die Eidechse spiegelt im Aussehen ihrer Farbgebung
Sehnsüchte von uns wieder, die wir offiziell nie
zugeben würden, ein Widerspruch an sich. Wer die
gute Tarnung auf übersichtlichem Gelände tagtäglich
anwendet, hilft sich im Moment der Ruhigstellung
von Wahrheit und der Umsetzung von
lebenserhaltenden Maßnahmen in der Weltpolitik
nicht wirklich….

Die Eidechse muss auch in Zukunft vor Feinden gut
getarnt weiterleben dürfen.

Die Menschen, die wie eine Echse leben, sollten zu
Paradiesvögeln mutieren.

Urig, knorrig, verwittert, fest im Boden verankert und mit Draht bespannt.

Dieser Ast wurde aus gutem Grund vom Bauern nicht verbrannt.

Bauernschläue erkennt man nicht immer auf den ersten Blick, die Zweckmäßigkeit wurde erkannt und genutzt.

Alles, was der Euronorm entspricht, sollte auf dem Scheiterhaufen der Unvernunft verbrannt werden!

Wer gerne Pilze isst, dem läuft nun der Speichel im Munde zusammen.

Er denkt an ein leckeres Pilzragout mit Butter, Zwiebeln, Speck, Mehl, Knoblauch, Weißwein, Hühnerbrühe, Pfeffer, Honig, Zitronensaft, Crème double und Petersilie.

Nur was ist, wenn dieser Pilz aus Tschernobyl kommt?

Wer garantiert uns sichere Lebensmittel? Der Staat? Dass ich nicht lache …… Sie auch?

Wurzelgeschichten gibt es viele im Leben. Gäbe es kein Wurzelgemüse im Bratenfond, würde ein Braten nur halb so gut schmecken, es sei denn, das Mittel aus der Druidenküche wird verbannt und man nimmt den Chemiebaukasten zur Hand. Der Einsatz von Geschmacksverstärkern lässt die Geschmacksknospen verkümmern und Gourmetköche vereinsamen.

Dunkle Wolken am Horizont,
            warum auch nicht!

Felsenfeste Schönheit
                trotzt jedem Wetter.

Primeln und Narzissen
        werden dort nicht zu finden sein…

Ein Leben nach dem Tod ist möglich, wenn man es zulässt!

Was erwartet Sie hinter dem Berg?
Gelächter? Gewalt? Glückseligkeit?
Diese Frage müssen Sie sich selbst

beantworten!

Schrott kann das Gefühl von besseren Zeiten vermitteln, deshalb findet man soviel davon.

Natur pur……

Nicht überall muss mit Silikon behandelt werden!

Kein Mensch denkt bei diesem Bild
an eine Zahnwurzelbehandlung!

Warum auch?

Das Leben kann so schön sein…

Diese Brücke ist seit 1890 ein historischer Beweis
für fachliche Kompetenz.
Können Sie das von Ihrer Brücke auch behaupten……

Wollen Sie wirklich wissen, wie es **weitergeht**?

Sagt Ihnen dieser Lebenslauf zu?

Es müssen nicht immer die berühmten Wasserfälle
gezeigt werden. Überall lauert Faszination und
Gefahr zugleich!

Wasser in seiner reinsten Form zu sehen, ist nur dann ein Gefühl der Lebenshoffnung, wenn die Abfüllstelle gesichert ist. Damit nicht nur die geistige Vitalität gewährleistet wird.

Sauberes Wasser ist die Zukunftswaffe der Industriestaaten und das Geheimrezept für Politiker mit Skrupel.

Keiner wäscht sich in Zukunft unschuldig die Hände.

Wer schnappt hier nach Luft?

Schäumend und aufbrausend verläuft das
Wasser manchmal zu einem Sturzbach
der Sinnlosigkeit.

Fragen und Antworten
finden böse Gestalten
im Abschaum der Menschheit.

Hätten Sie gewusst,
dass unter dieser Wasseroberfläche Nessie auf Sie
warten könnte?
Der Glaube hilft….

Denken Sie intensiv an ein Ungeheuer.
Schließen Sie für wenige Sekunden die Augen.
Dann betrachten Sie bitte nochmals dieses Bild.

Und haben Sie Nessie entdeckt?
Nur wer eine angeborene Fantasie hat,
entdeckt mehr als Andere vermuten.

Häuser in stabiler Bauweise strahlen Ruhe,
Behaglichkeit und Lust auf mehr aus.

Trügerisch,
wenn die Lust einen Kinderschänder
überkommt!

Nicht jeder vermutet

hinter einer alten Tür

junges Gemüse.

Haben Sie den Durchblick?

Für die Entstehung von Seitensprüngen
sind nicht nur Heuschrecken bekannt.

Egal wo, wann oder mit wem....
Für die Liebe gibt es keine Hindernisse.....

Echte Liebe findet immer

einen Ausweg

ins Glück!

Einfache Wege der Liebe
kann jeder gehen.
Den lebenslangen
Liebeslebenmarathon
laufen nur Wenige.

Nur wer den direkten Weg der Liebe findet, benötigt keine Pflaster gegen das Gefühlschaos.

Es gibt Momente im Leben, da könnte man retuschieren, aber warum? Das Wort Manipulation gehört nicht grundsätzlich in die Antwort für eine Änderung der Lage.

Auf ein Hoch kann oft viel zu früh ein Tief folgen, ohne es selbst vorher zu wissen. Nutzt uns ohne Realitätsverlust immer eine Vorhersage?

Wo ist die Vernunft? Was ist mit dem Bauchgefühl?

Wer oder was sind Sie?

Optimist? Pessimist? Realist? Exzentriker? Rechtsradikaler? Terrorist?

Oder sind Sie das perfekte Chaos auf zwei Beinen?

Wirken Sie äußerlich wie ein massives Felsplateau, dass innerlich bereits aus glühender Lava besteht und jeder Zeit explodieren könnte. Wann genau?

Auf den Tinnituspunkt genau, werde ich wohlmöglich in einem Schweigekloster Urlaub machen. Dieses Vorhaben freut nicht nur mich!

Autorin:

Corina Wagner,

geboren 1965,

aufgewachsen in einem sehr musikalischen und toleranten Elternhaus,

erlernte den Beruf der Groß- und Außenhandelskauffrau

absolvierte eine private klassische Gesangsausbildung (Sopranistin).

1987 heiratete sie ihre Jugendliebe einen Akademiker, der wie der eigene Vater Ingenieur wurde.

Seit zwanzig Jahren lebt sie als Hausfrau in Bayern. Sie hat zwei Söhne, die 1988 und 1991 geboren wurden.

Nur wenige 400 Euro-Jobs säumten ihren Weg als Mutter gegen den Kampf ihrer mit Angst erwarteten Altersarmut.

Man nennt sie im Familien- und Freundeskreis die stahlharte Mart(h)a,

denn hobbymäßig arbeitet sie unentgeltlich als Agentin, die die Lizenz zum Wörtertöten hat. Rechtschreibentgleisungen auf hohem Niveau sind ihre Stärke.

Die Bilder wurden vom Ehemann fotografiert, das Schlangenbild stammt von Klaus Höhle einem Verwandten.

Nur wer das Pessimisten-Gen manipuliert,

hart an der Grenze des Möglichen arbeitet,

der wird zum Optimist, dem Botschafter

unserer Zukunft!